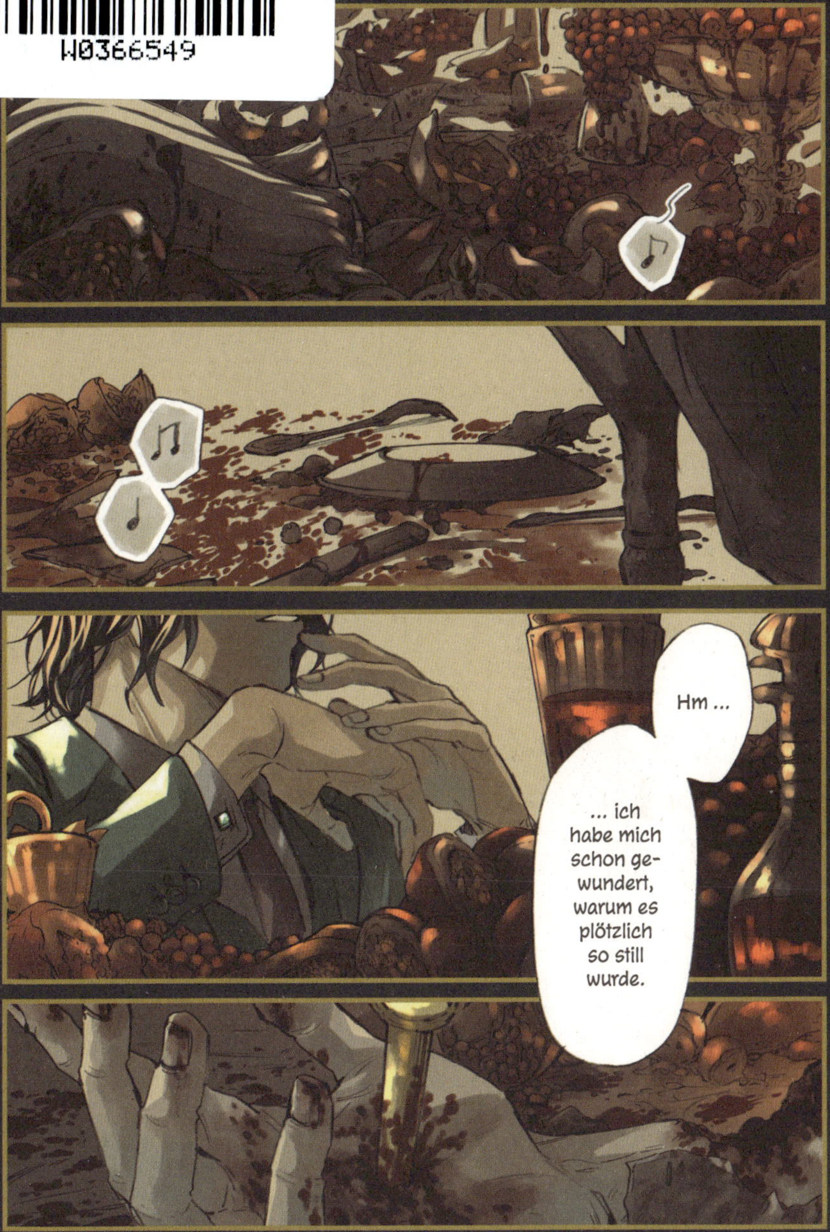
Hm ...
... ich habe mich schon gewundert, warum es plötzlich so still wurde.

Inhalt

Die Tafel ist ziemlich eingesaut.
Ich dachte, ich hätte ein braves Kind auserwählt.
Aber es war wohl doch ein Biest.
Tja, ich hab genom-men, was ich kriegen konnte.

1. Akt – Who killed Cock Robin? – 1. Teil

ONE WAY
Das echte New York, wie es leibt und lebt!
Der Junge steht seit einer Stunde völlig verblüfft da.
Kicher
Dem steht quasi auf der Stirn, dass er aus der Provinz kommt.
Stoß
Oh!
Verzeihung!
Pass gefälligst auf!
Heh
Das perfekte Opfer.
Ein Japaner?
Keinen Schimmer, wo der herkommt, aber der hat ja praktisch darum gebettelt, beklaut zu werden!
Betrachte es einfach als Feuertaufe für New York.

Ähm, Verzeihung ...
... Sie haben da mein Portemonnaie.
...
Was?
Deine wilden Anschuldigungen kannst du dir sonst wo hinstecken!
Trubel
Willst du ins Gras beißen, du Rotzfresse?!

Pack
Gaah!
Gegenwärtig entsprechen deine Handlungen einer Straftat nach Artikel 155.30 des New York State Penal Laws, und zwar schwerem Diebstahl.
Da meine Kreditkarte auch im Portemonnaie ist, fällt das sogar unter Artikel 165.45.
Raun
Raun
Das Verbrechen mag nicht besonders schlimm sein und zählt als E Penalty zur niedrigsten Kategorie, aber Taschendiebstahl ist immer noch eine klare Straftat.
Ich empfehle dir, das Portemonnaie zurückzugeben.
Verdutzt
Nh ...

Vergiss es!
Fwuusch
Vorsicht!
Raschel
Klimper
Klatter
Plumps
Dein Ernst?
Hey!
Flitz

Hey, jetzt warte doch!
Ist der schnell!
!
Aus dem Weg!
Stoß

Nick!
Bwaaah

Klonk
Klonk
Neeeeein!
Sie sind gefal-len!
Bwaaah
Bist du verletzt?
Wäääääh!
Nick!
Fwaaa

Raun
Plapper
Junger Mann, hast du dir auch nichts getan?
Nö, bin topfit! Aber ...
... gibt's hier in der Nähe eine Ecke, wo man die ganze Stadt von oben sehen kann?
Hieh ...
Hieeh ...
Haah ...
Ich ... Ich bin weit genug gerannt.
Hier findet der mich nicht.
Haah ...
Wegen des Bengels bin ich richtig ...
... am Ar...
HERO

Wie ...
Wie hast du ...
Woher kommst du?!
Shrr
Hab ich dich!
Damm
Nh ...
Gatschack
Uwaargh!

Drisch
Gnh!
Schlitter

Ugh ...
Nicht nur Diebstahl ...
Ktsch
... du stößt auch noch ein Kind um? Darüber kann ich nicht hinwegsehen!
Knirsch
Du verdienst eine Strafe.
Elender Wichser.
Du ...
Bist du etwa ...
... Polizist?!
Brft?!
Watsch

Äh ...
... was machst du da?!
Batsch
Batsch
Warte, ich ...
Ugh!
Batsch
Hier ist das NYPD!
Trab
Trab
Oh!
Flutsch
Wer von euch beiden hat uns her-bestellt?!
Schock
Das war ich!

NYPD ...
31
31. Revier
DEPARTMENT
Woah ...
Ich bin beim echten NYPD!
Lass deine Pfoten bitte bei dir.
Ist schließlich ein Büro.
Wusel
Wusel
Ups!
Verzeihung!

Wer ist der Junge?
Der hat 'nen Typ von der Wanted-Liste gestellt.
Deswegen das Verhör.
James Martin.
Hüpf
Ach der!
Wie, du kennst den?
Ich hab gehört, er sei der beste neue Rekrut der Polizeiakademie in diesem Semester!
Im schriftlichen Test und dem JST* soll er die zweithöchste Punktzahl aller Zeiten erreicht haben.
Obwohl sie noch nicht angefangen haben, ist er schon in aller Munde!
Was, echt, der ist das?
Sieht man ihm gar nicht an, stimmt's?
Schwer zu glauben, dass der gerade mal 21 sein soll.
* Praktischer Test, in dem die körperlichen Fähigkeiten getestet werden.

Und?
Wo ist unser Kadett?
Abge-düst
Häääh?
Keif
Da fällt mir ein ...
Keif
... Martin heißt auch ...
Ich hab mich verlaufen!
MAIGO
Keine Menschenseele
Ver-dammt.
Hey!
Der Zutritt ist für Unbefugte verboten.
Zuck

Ver... Verzei-hung, ich ...

D...
Du!
James?
Dröpp
Was treibst du denn hier?
Assistant District Attorney Martin!

Bitte entschuldigen Sie! Es ist dringend.
Natürlich. Ich bin sofort bei Ihnen.
Wegschleich
James!
Wah!
Ja?!
Schreck
Wir sprechen uns danach!
Geh dann gefälligst ran, wenn ich dich anrufe!
Du bist der jüngere Bruder des assistierenden Staatsanwalts?!
Fwaah
Ja?
Unfassbar!
Kreisch
Yes, Sir ...

Wer war das noch mal?
Ist das dein Ernst?
Wir sprechen hier von Jack Martin! Dem Legal Knight des Manhattan District Attorney's Office!
Der einsame Held, der unbarmherzig dafür sorgt, dass vor Gericht die Gerechtigkeit siegt!
Und dann sieht er auch noch so gut aus!
Schlürf
Kreisch
Wahrlich wie ein Ritter!
Starr
Nicht so wie du.
Bist du echt sein Bruder?
Blicke des Zweifels
...
Ich bin nachweisbar der kleine Bruder von Jack Martin.
Tja ...

Jack ist so ein toller Kerl, da kriege ich glatt Gänsehaut.
James!
Pfft
Hi!
Schönen Feierabend, Herr Staatsanwalt!
Stopp!
Was erlaubst du dir?
War doch nur ein Witz.
CARMINE ST
ONE WAY
Führ mich doch ein wenig rum!
Jetzt, wo ich's auch nach New York geschafft hab.

* Knapp 2.100 km.

Ugh ...
Ich habe mir Sorgen gemacht, weil du nie auf meine Nachrichten antwortest.
Ich wollte meinen viel beschäftigten Bruder eben nicht noch mehr belasten!
Ist doch klar!
Du hast nicht mal Bescheid gesagt, als du an der Polizeiakademie angenommen wurdest!
Ich wollte dich erst wiedersehen ...
... wenn ich wie versprochen Polizist geworden bin.
Argh!
Oh Mann, ich wollte dich doch damit umhauen, wie schnell ich erwachsen geworden bin!
Du sollst die besten Ergebnisse erzielt haben?
Das kann sich doch sehen lassen!

Von wegen! Nach dem Abschluss der Akade-mie geht's erst richtig los!
Diese Noten bedeuten noch gar nichts!
Ich will bei deinem Amtseid dabei sein.
Bitte nicht!
Das wär Amtsmiss-brauch!
Papamm
!
Stoß

Augen nach vorn, Mann!
Vrooooom
Puh ...
James?
Schreck
Äh, sorry ...
... kam so über mich ...
Lös
Mein Bruder ...
... ist auf dem linken Auge fast blind.
Pass auf, James!
Dosch

BEDFORD
Bei einem Unfall in unserer Kindheit hat er sich am Kopf verletzt.
Als Folge davon ist sein linkes Auge eingeschränkt.
James!
Nicht mehr weinen.
Aber ...
... du kannst jetzt nicht mehr deinen Traum leben ...
... und ich bin schuld!
Meinetwegen ...
Wau!

Schreck
Wah!
Aah!
Ich hab dir das doch verboten!
Ha ha!
Es ist dir zu verdanken, dass der Kleine gerettet werden konnte.
Sabber Sabber
Wenn du in dem Moment auch nur eine Sekunde gezögert hättest ...
... hätte es ihn erwischt und er wäre nun tot.
A... Aber ...
Weißt du was, James?
Du hast recht, ich kann kein Polizist mehr werden.
Aber was macht das schon?
Grins
Dann werde ich eben Staatsanwalt!
Staatsanwalt?

Polizisten mögen die sein, welche die Bösen schnappen ...
... aber Staatsanwälte sind die, die sie für ihre Taten zur Rechenschaft ziehen.
Der Weg mag ein anderer sein, aber sie haben dasselbe Ziel.
Wirklich?
Ja.
Also, James ...
... du musst einfach nur Polizist werden, und ich werde Staatsanwalt.
So können wir alle zusammen beschützen.
Versprochen!

Okay, auf geht's!
Wohin denn?!
So plötzlich?!
In meine Wohnung.
Ich will dich verarzten, also lass uns einen Zahn zulegen.
Huh?
ZUCK
Vorhin habe ich bei einer deiner Bewegungen klar feststellen können, dass was mit deiner Schulter nicht stimmt.
Ähm ... also ...
He he he ...
Lach das nicht einfach weg.

Endlich sehen wir uns wieder. Ich freue mich drauf ...
... mich ausführlich mit dir zu unterhalten!
Willst du nicht?
Heute erwarten uns in New York tagsüber Wolken und gelegentlich Regenschauer.
HERO

Später in der Nacht wird es regnen …
… und vereinzelt kann es zu Gewittern kommen.
Jack, denk dran, 'nen Schirm mitzuneh-men.
Mhm.
Oh, sieht lecker aus!
Heh!
Nicht wahr?
Die Neu-en werden nächsten Sonntag in der Akade-mie einge-schwo-ren?
Genau.
7 DAY FORECAST
SAT SUN MON TUE WED THU FRI
77 76 66 61 63 64 71
57 56 52 51 53 55
LIAM MARTINEZ
Danke, dass du mich so lange hier beher-bergst.
Sorry …
Ich werde dich sicher nicht in ein WG-Zimmer für 200 Dollar stecken.
Damit kriegst du hier höchstens eine Abstellkammer.
Ha ha ha!

Es wurde auch Zeit.
Ja!
Stimmt.
Gib mir ein halbes Jahr. Ich werde dermaßen schnell dazulernen und am laufenden Band so viele Fälle lösen, dass ihr überhaupt nicht mehr hinterherkommt!
Ha ha ha!
Da bin ich mal gespannt.
Wir haben die Träume wahr gemacht, die wir seit Kindheitstagen verfolgen.
Hä?
Es folgt eine Sondermeldung.

Andrew Mills, ein früheres Mitglied des NYPD, der seit 28. des letzten Monats als vermisst galt, wurde heute tot aufgefunden.
Die Leiche weist mehrere Stichwunden auf. Das NYPD hat den Fall als Morddelikt eingestuft und ist auf der Suche nach dem Täter.
Schon wieder ein Polizist ...
Sie haben den Täter hinter der »Bullenschlachtung« offenbar immer noch nicht erwischt.
Sie tappen schon zwei Jahre im Dunkeln.
Ja ...
Jack, bist du für irgendwelche Fälle zuständig, die unaufgeklärt geblieben sind?
...
Jap.

Fälle, in denen es aus Mangel an Beweisen nicht zum Prozess kam, Fälle, in denen die Verdächtigen starben.
Selbst unter den Verurteilten gab es welche, die bis zu ihrem Tod in Haft auf unschuldig plädiert haben.
Ich möchte es mir gar nicht ausmalen, aber wenn das tatsächlich so ist …
… dann ist der wahre Täter noch auf freiem Fuß.
Auf freiem Fuß …
Wir verfolgen die Wahrheit so verbittert, dass es uns in den Wahnsinn treiben kann.
Aber ob wir tatsächlich zu ihr gelangen … dieses Wissen bleibt letztendlich nur unter den Tätern, den Opfern und Gott.
…

Wuschel
Nimm's nicht so schwer.
!
Sorry, wollte dir nichts madig machen.
Ich muss langsam los.
Danke, war köstlich!
Aber ...
... genau deshalb kämpfen wir doch so verzweifelt.
Um wenigstens irgendwie auf Kurs zu bleiben!
Ja.

So ist es.
Jemand hat mir gesagt, du seist der Joker, der das Spiel verändern wird.
Rauschhh
Der Regen ist ja heftig geworden.
Jack ist spät dran.

Er hat den Schirm hierge- lassen.
Hing sie an mir wie ein Segen oder wie ein Fluch?
Schon als Kind hatte ich diese Eigenart, dass ich stän- dig in alle mög- lichen Sachen verwickelt wurde, egal worum es sich handelte.
Jedes Mal kam für mich der Moment, an dem sich das Blatt wendete – ob zum Gu- ten oder zum Schlechten.
Platsch
Ich stürzte mich stets eifrig in Fälle ...
... in der Annahme, ich wäre in der Lage, sie komplett auf den Kopf zu stellen.

Rauschh
Das Manhattan District Attorney's Office ...
Hier ist es!
Jetzt schüttet es wie aus Eimern ...
Groll Groll
Gh!
Es donnert sogar!
Rauschhh
Ich muss mich beeilen!

Rauschhh

Rauschhh
?!
Das hab ich mir nicht ein-gebildet!
Da ist ein Mensch ...
... runter-gestürzt!
Nh ...

Platsch
Platsch
Platsch
Platsch
Rauschhh
Haah ...
Haah ...

Ngh!

Klatter
Schüttel
Hallo?
Schüttel
Gnh
Sag was!
Schock
Nh ...
Roll
Nh ...
Rauschhh
Ugh ...
Unh ...
Groll
Groll

Groll
Groll
Zschaaah
!
Bwah
Scheiße!
Pack
Klank
Du ent-
kommst
mir nicht!

Kang
Kang
Kang
Kading
Batschack
Keine Bewegung!
Fwsch
Haah ...
Dieser Mann muss ...
Nh ...
... der Täter sein.

Sieh an.
Katschack

James?
Was treibst du denn hier?
Was ...
Rauschhh
Jack?
Oh, mein Schirm.
Du hast ihn mitgebracht!
Ptschk
Danke di...

Batsch
Rauschhh
Haah
Haah
Was ist denn los?
Du siehst aus, als hättest du ein Monster gesehen.
Wieso?!

Wie kannst du so entspannt bleiben?!
Du hast ...
... diesen Menschen doch umgebracht, oder nicht?!
Antworte mir ...
... Jack!
Verzeih mir ...
... James.

Was?
Pitsch
Dosch

Du hast es erfasst.
Ich habe ihn ermordet.
Sei so gut und halt meinen Namen rein, indem du für mich stirbst ...
... James.

Köhöh
Huch!!
Köhöh
Köhöh
Äh ...
Armes Ding.
Ich bete dafür ...
... dass du wenigstens im Himmel zum NYPD gehören darfst.
Hch ...
Hch ...
Klonk
Hch ...

...
Das darf nicht sein.

Wer bist du wirklich?

Rauschhhh

Klimper
Nun ...

... beginnen wir mit der fünften Sühne.

STUNTS

SPECIAL TACTICS UNCONVENTIONAL TEAMS

STUNTS

The Ninth Ghost

Rauschhh
Ich habe ihn ermordet.
Du siehst aus, als hättest du ein Monster gesehen.

Köhöh
Was?
Verzeih mir ...
... James.

Sei so gut und halt meinen Namen rein, indem du für mich stirbst.
Ja...

Ja
aaa
aack!
Piep
Piep
Klirr
Haah
...

Gh ...
Patt
!
Wieder wach?
FBI
DEPARTMENT of INVESTIGATION
BUREAU OF JUSTICE
FBI
THIS CERTIFIES THAT THE SIGNATURE AND PHOTOGRAPH HEREON AN APPOINTED
SPECIAL AGENT Matilda Evans.
OF THE FEDERAL BUREAU OF JUSTICE UNITED STATES DEPARTMENT OF INVESTIGATION
Special Agent
EXPIRE
Guten Tag! Ich komme vom FBI.
Ich bin Agentin Mathilda Evans.

Vom FBI?
Du befindest dich in einer höchst heiklen Lage.
Gleich beginnt das Verhör.
Du stehst unter Verdacht, einen Assistant District Attorney getötet zu haben.

2. Akt – Who killed Cock Robin? – 2. Teil

Es geht um einen Sturz mit Todesfolge.
Das Opfer ist William Carter.
Er war 25 Jahre am Manhattan Office angestellt und leitender Assistant District Attorney.
Man fand dich zusammengebrochen auf dem Dach eines Gebäudes ...
... neben dem Fundort der Leiche, verletzt von zwei Schüssen.
Die vor Ort sichergestellte Waffe war Eigentum von Mr Carter, der sie zum Selbstschutz mit sich führte.
Bei einem Disput zwischen Mr Carter und dir auf dem Dach ...
... hast du diese schweren Schusswunden erlitten.
Irgendwie hast du ihn noch in den Abgrund gestoßen, doch du konntest dich nicht mehr vom Tatort entfernen.

Das heißt ...
... du bist für seinen Tod verantwort...
Hey!
FBI
FBI

Pack
Tschang
!!
Ugh!
Dosch
Hast dich selbst voll erwischt.
Bist du lebensmü-
de oder nur dumm?
?!

Unfassbar, dass er das Seitenteil mit den Handschellen abgerissen hat.
Bwaah
FBI
Pack
Bitte lassen Sie mich gehen!
Ich muss den Täter verfolgen, koste es, was es wolle!
Wie bitte?

Das Opfer ist nicht am Sturz gestorben!
Schon bevor der Mann vom Dach fiel ...
... ist er einer tödlichen Wunde erlegen!
Ich habe es selbst gesehen.

Als er stürzte ...
... war in seinem rechten Auge eine Stichwunde!
Er starb durch eine Stichwunde?
Ja. Der starke Aufprall hat den Körper des Opfers wie einen Wasserballon bersten lassen, deswegen hat die Autopsie so viel Zeit in Anspruch genommen.

In seinem rechten Auge klafft eine Stichwunde.
Und diese ist auch noch schrecklich tief.
Der ist nicht durch den Sturz zu Tode gekommen.
»Wir gehen davon aus, dass er hinabgestoßen wurde, um diese lebensgefährliche Wunde – welche das Gehirn geschädigt hat – zu verschleiern.«
...
Du bist also kein Verdächtiger, sondern ein Augenzeuge.
Lös
Huh?
Es scheint ein Missverständnis gegeben zu haben. Ich habe meine Infos vom NYPD.
Ich habe noch nicht selbst ermittelt.
Ich werde mir alles anhören, was du zu sagen hast.

Ich bin hergekommen, um mich der Wahrheit zu vergewissern!
Was du sagst, genügt mir, um dir zu glauben.
Dieser Fall ist womöglich mit einem anderen verknüpft, an dem ich sowieso schon dran bin.
Erzähl mir bitte alles, was du weißt, James Martin.

Hast du den Täter gesehen?
FBI
Wir kämpfen verbissen ...
... um zumindest halbwegs auf Kurs zu bleiben.

Der Täter ist ...
... Jack Martin.
Mein großer Bruder.
Bitte helfen Sie mir!
Ich muss der Wahrheit über ihn auf den Grund gehen!

Hier ist Evans.
Unsere Zielperson ist Jack Martin.
Er ist Tatverdächtiger im Mordfall an dem Assistant District Attorney.
Umgehend Aufenthaltsort oder Bewegungsprofil des Ziels ermitteln!
James?
Äh ... Jawohl!
Wir sind auf dem Weg zum Wohnort des Verdächtigen.
Roger. Ich zähle auf Sie.
Ist dir etwas Besonderes am Opfer oder am Täter aufgefallen?

Zum Beispiel am Tatort oder ihrem Zustand ...
Die Hand.
Die Hand?
Der Leiche ...
... fehlte eine Hand.
Der Aufprall hat der Leiche übel zugesetzt.
Sie soll unvollständig gewesen sein. War das der Grund für die fehlende Hand?
Nein ... das war keine zufällige Wunde.

Sie wurde mit einer scharfen Klinge abgetrennt.
Die linke Hand.
Abgetrennt?
Aber wieso?
Er war schon tot, bevor er gestürzt ist.
Trotzdem wurde die Leiche extra runtergeworfen ...
Ist das etwa ein Ablenkungsmanöver, damit wir uns in einer vorgegaukelten Todesursache verrennen?
Aus Rache?

Stech
Nein ...
Agentin Evans!
Jack Martin ist momentan nicht auffindbar!
Er hat heute Morgen am Arbeitsplatz kurzfristig eine längere Abwesenheit beantragt.
Sein Mobiltelefon ist nicht am Netz. Zudem wurde er gestern nach Feierabend nicht mehr gesehen!
!
Alles klar.
Halten Sie mich auf dem Laufenden.
Rauschhh

Fwaaaah

Ich habe den Schlüssel.

Deswegen!
Hm?
Er wurde nicht runtergeworfen, um die Wunde am Auge zu verschleiern!
Sondern um von der Hand abzulenken!

Die Todesursache an sich ist egal.
Er hatte überhaupt nicht vor, die Schuld auf jemand anderen zu schieben, schon gar keinen Unbewaffneten.
Aber er wollte ausnutzen, dass er plötzlich einen Augenzeugen hatte!
Allerdings musste er den Tatort dadurch früher verlassen als eingangs geplant.
Um seinen ursprünglichen Plan umzusetzen, war es unumgänglich, dass er vom Tatort verschwand!
Warte ... Dass er die Hand gestohlen hat, hat mit dem eigentlichen Vorhaben des Täters zu tun?
Wie meinst du das?
Ein Schlüssel.
Sie kann benutzt werden ...
... um ein Schloss zu öffnen, oder?

Per Finger-abdruck!
!
Es gibt mehr als genug Befugnisse, die man sich durch die Fingerabdrücke des leitenden Assistant District Attorney beschaffen kann!
Aber selbst wenn er sie benutzt, wo würde er ...?
Im Manhattan District Attorney's Office.

Ein exklusiver Ort, zu dem er als Assis-tant District Attorney Jack Martin Zutritt bekommt.
Dort kann er die Befugnisse des Opfers am besten nutzen!
Bitte fahren Sie zum Office!
Vielleicht kommen wir noch recht-zeitig!
Vroooooom

Gwoooh
Entschul-
digung!
Was
denn?
Mathilda,
was ist das
eigentlich für
ein Fall ...
... den Sie
verfolgen?
Hat
das wirk-
lich mit
meinem
Bruder
zu ...?
Ghost.

Leute, die auf mysteriöse Weise aus dem Umfeld der Opfer verschwinden.
So einem Fall bin ich auf der Spur.
Ghost?
Wenn du noch mehr plapperst, beißt du dir noch auf die Zunge!
Aber Miss Mathilda ...

Ich habe eine Theorie, die ich gerne teilen würde.
Eine Theorie?
Sie mag abstrus klingen ...
... aber darin ...
Nervös
... geht es um den Täter.

Manhattan District Attorney's Office
Huch?
Mr Martin, ich war davon ausgegangen, dass Sie erst mal im Urlaub sind.
Das war der Plan, allerdings muss ich jetzt doch noch eine dringende Angelegenheit klären.
Ich werde dann abschließen.
Danke Ihnen!
Dann geh ich schon mal.
Nicht der Rede wert.
Schönen Feierabend!
Und das so spät am Abend. Mein Beileid.
NEW YORK COUNTY
WILLIAM CARTER
Assistant District Attorne
Refarence Library
William Carter – Assistant District Attorney - Dokumentationsarchiv

Klonk
コ ッ Klonk
コ ッ Klonk
♪
♪
♪

Sst
Pipiep
Blitz
Identity verification completed.
System startup...
Authentifizierung abgeschlossen. System wird gestartet.
[*] Connect to the database... -1st- [*]failed.
Danger!
Tipp Tipp
Tipp
Secret...
Danger!
Pfuck
Extracting files, please wait...
9%
Cancel
Bwww

Bwaaah

Tschack
Hab mich schon gefragt, wer da ist.
Bist du extra aus dem Himmel herabgestiegen, um meine Pläne zu durchkreuzen, lieber Bruder?
James!

Es war zwar klar ...
... dass du die Verletzung überleben würdest ...
... aber ich hätte nicht gedacht, dass du mich dem FBI auslieferst.
Findest du nicht, Brüder sollten sich stets gegenseitig in Schutz nehmen?
James ...
Wenn wir Brüder wären, dann ja.
In dem Fall hätte ich mich vielleicht hineinziehen lassen.
Was?

Sag schon!
Wer bist du?

Soll das ein Scherz sein? Ist nicht be- sonders lustig.
Du hast auf meinen Angriff mit der Linken reagiert.
Zschr
Aber auf dem linken Auge ...
... sieht mein Bruder wegen mir kaum noch was!
...
Gatsch
!
Damm

Dosch
Kabrach
Köhöh ...
Agh ...
Donk
Raschel
Raschel
Du bist zwar blindlings hier reinge-stürzt ...
... aber besonders weise war das nicht.
Magst du mich für nächstes Mal auf-klären?

Wann hast du es gemerkt?
Hast du einen Beweis dabei, dass es sich ...
... bei mir nicht um Jack Martin handelt?
Du hast gar keine Ahnung!
Weder von meinem Bruder ... noch von mir!

Keine Ahnung?
Er ist gnadenlos, wenn er sich für Gerechtigkeit einsetzt.
Aber auch so lieb, dass es einem Angst einjagen kann.
Das ist mein Bruder.
Anstelle eines anderen zu sterben oder einen anderen an seiner statt sterben zu lassen ...
Für so eine Tat würde er sich nie entscheiden!
Erinnerst du dich daran?

Am Morgen des Vorfalls ...
... haben wir drüber geredet, dass ich Polizist werde und Jack Staatsanwalt geworden ist.
Du hast gesagt, das wären unsere Träume gewesen.
»Wir haben die Träume wahr gemacht, die wir seit Kindheitstagen verfolgen.«
»Es wurde auch Zeit.«
Er hatte ursprünglich vor, Polizist zu werden!
Weil er die Sehkraft auf dem linken Auge verlor ...
... konnte er diesen Traum nicht mehr verfolgen.

»Also, James ...
... du musst einfach nur Polizist werden, und ich werde Staatsanwalt.«
»So können wir alle zusammen beschützen.«
Weil ich mir die Schuld gab, ersetzte er ...
... seinen Traum mit einem Versprechen.
Sein Traum ist niemals wahr geworden!

Aber sein Ver-sprechen hat er ge-halten!
Klatsch
Klatsch
Klatsch
Klatsch
Klatsch
?!

Was soll das werden?!
Ich lobe dich!
Auch wenn es dir durch das gemeinsame Blut leichter gefallen sein mag – es ist bemerkenswert, wie du deinem Gefühl gefolgt bist und erkannt hast, dass ich nicht dein Bruder bin.
Ich muss eingestehen, dass ich nicht adäquat in seine Rolle geschlüpft bin.
Klonk
Klonk
Klonk
Mir wird klar …
… wie sehr du deinem Bruder ähnelst.
Was …?
Dieser Blick.

Weißt du, ich habe ein Credo, wenn ich andere Identitäten annehme.
Ich verleibe mir immer die Aspekte der Person ein, die mir am meisten nützen.
Wahrscheinlich werde ich das Gleiche ...
... wie bei ihm wählen, wenn ich dich spiele.
!
FBI
Gatsch
Birtsch

Haah ...
Haah ...
Haah ...
Haah ...
Ach, natürlich!
Da du mich als Erster entlarvt hast ...
... will ich dich natürlich nicht ohne Belohnung entlassen.
Ich antworte dir gern auf die Frage vorhin.

Ich bin Ghost.
Zumindest habe ich eines Tages wohl diesen Namen verliehen bekommen.

Ghost!
Grins
Stimmt doch, oder ...
... Miss FBI-Agentin?

!
Danke, dass ihr so spät noch im Einsatz seid.
Dem Täter von beiden Seiten den Weg abzuschneiden, ist unter den Festnahmetechniken Standard.
Oder soll das eher ein Ablenkungsmanöver sein, um mir Aussagen zu entlocken und meine Pläne zu vereiteln?
Na?
...

Was es auch sein mag ...
... es war mir sehr dienlich, dass wir so Zeit schinden konnten.
Bamm
?!
Bamm
Bamm
Bwaah

Hach ... sehr kühn, den Abzug zu drü-cken ...
... aber ich wünschte, du hättest mein Ge-sicht ver-schont.
Warum ...?

Ein Schla-massel.
Wenn du mich so ansiehst ...
Brtsch
... will ich glatt auch noch das andere Auge aus-stechen!
!
Gwoooh
Tragisch, aber ...
... diese Aufführung geht schon zu Ende.

Hier-
mit ...
... schließt
sich der
Vorhang.
Klacker
Granaten!
Lau...

タッ
Tapp
FBI

Droooosch
Nh ...
Bröckel
James?!
Knack
Knack

Warte doch!
Pack
Das ist kein gewöhnlicher Mann! Wenn du ihm weiter folgst, dann ...
Ich muss ihn fassen!
Wenn ich ihn hier nicht zu fassen kriege ...
... kann ich die Unschuld meines Bruders nicht beweisen!
Belasse ich es dabei ...
... wird Jack noch zum Straftäter erklärt!
!
Ich hab ...

... es noch nicht geschafft, Polizist zu werden ...
... und ...
... ich habe mich noch gar nicht ent-schuldigt.
Jack!

James?
Was um alles in der Welt machst du hier?
Es passieren schlimme Dinge, wenn ich da bin ...
... deswegen wollten die, dass ich weggehe.
Schnüff
Ach, James.
Da, wo du bist, bewegen und verändern sich die Dinge eben.

Wahrscheinlich hat dir Gott genau diese Aufgabe zugeteilt.
Wie durch den Joker in einem Kartenspiel.
Joker?
Diese Karte kann zum Ass im Ärmel werden oder alles ruinieren.
Aber wenn es sich immer zum Schlechteren wandelt?
Es wurde meist schlimmer.
Hm, da ist was dran.
Waaas?!
Ha ha ha!
Schock
Das heißt nicht, dass du aufgeben sollst.
Egal wie oft sich das Blatt zum Schlechten wenden sollte, du musst weiter an dich glauben.

Solang du existierst ...
... besteht die Chance, dass es sich zum Guten wendet.
Keine Sorge.
Das schaffst du, James.
Mein geliebtes Brüderchen.

Jack ...
Das weiß ich doch ...
... lieber Bruder ...

Gatang
!
Du bist ja schon wieder aufgestanden.
Miss Evans!
Dieser Mann ...
Die Ermittlungen laufen, aber sonst sind uns momentan die Hände gebunden.
Der aktuelle Fall wird als Straftat von Jack Martin zu den Akten gelegt.
Dieser Fall, den Sie verfolgen ...

Bitte erzählen Sie mir alles über diesen Mann ... über Ghost!
Ich will ihn eigen-händig in Handschel-len legen!
Ghost ...

Unter diesem Namen firmiert eine ganze Reihe in Fälle verwickelter Personen.
Gemeinsam haben sie, dass immer jemand als verschwunden gilt.
Alle diese Fälle sind Cold Cases, also auf Eis gelegte Fälle.
Wir bezeichnen sie ...
... als Ghost-Fälle.
Tipp
Tipp

Tipp
Tipp
Geben Sie die Zimmerkarte beim Check-out wieder an der Rezeption ab.
Hat der 'ne Fahne, ey ...
Schönen Abend noch.
Nick
407
Batang

Ich schwöre hiermit ...
... die Verfassung und alle in den Vereinigten Staaten von Amerika geltenden Gesetze zu wahren ...
... den Bundesstaat New York zu schützen ...
... und all meine Amtspflichten ...
... als Polizist in New York City ...
... gewissenhaft zu erfüllen!

Willkom-
men beim
NYPD.
Klatsch パチ
Klatsch パチ
Klatsch パチ
Klatsch パチ
Möge
Gott euch
schützen!
Klatsch パチ
Klatsch パチ

Das ist ...
... das Haupt-quartier für die Ghost-Ermittlun-gen!
3. Akt – If you gaze into the abyss long enough ...

Eine Woche zuvor
Alle diese Fälle sind Cold Cases, also auf Eis gelegte Fälle.
Wir bezeichnen sie ...
... als Ghost-Fälle.
Ghost-Fälle ...
Dein Bruder, der in dem Fall jetzt als Verdächtiger gesehen wird ...
... gilt auch als verschwunden.
Sollte es in den bisherigen Fällen auch so gewesen sein, dass die Identität der Vermissten übernommen wurde ...
... müssen wir alles dafür tun, diesen Mann zu fangen!
Was es auch kostet ...
James ...

Bist du wirklich bereit, dich auf die Ermittlungen zu den Ghost-Fällen einzulassen?
Dann werde ich dich als Mitarbeiter für diesen Fall empfehlen.
Ich bin der Überzeugung, dass es der beste und schnellste Weg zur Lösung wäre, diesen Mann zu fangen.

Du musst dich natürlich nicht sofort entscheiden.
Wichtiger, du kurierst erst mal deine Verletzungen aus.
Du solltest doch der NYPD-Akademie beitreten, wenn ich mich recht er...
Ich bitte Sie.
Was?
Meine Entscheidung steht fest.
Um Jacks Namen reinzuwaschen ...
Sollte dieser Mann gefasst werden können, bin ich zu absolut allem bereit!

Domm
Domm
Dodoh
Doh
...
Knarz
Dododoh
Doooonk
Ist das hier wirklich das Hauptquartier?!
Schon dich und lass die Wunden heilen, sonst kannst du uns nicht unterstützen.
Jawohl!
Das ist meine Nummer. Wenn du wieder fit bist, komm bitte ins Hauptquartier.
Äh, jawohl ...
Tja, jetzt bin ich hier.
Aber das ist doch kein FBI-Büro, und zum NYPD gehört's auch nicht ...
Eher eine Ruine ...
Ich rufe Miss Evans besser mal an ...
Bist du James Martin?

Uwah!
Bwaaah
Sie hat dich ja echt hierhergeschleppt ...
Sag mal, wen willst du verarschen, oder wie bist du mit der Wunde hierhergekommen?
Dein Körper ist aus Titan, was?
Na ja, wenn du auf Empfehlung von Agentin Evans hier bist, muss ich das wohl schlucken.
Was soll ich mit diesem Zivilisten ...
Nörgel
Nörgel
Ähm ... Hallo?
Hach ...
Komm einfach mit.

Ich zeig dir das Haupt-quartier.

Unter der Ruine liegt so eine krasse Einrichtung?
Das war mal ein Theater, hat jedoch vor einem halben Jahrhundert zugemacht. Sie haben es aufgekauft ...
... und dann für das Hauptquartier zweckentfremdet.
Es wird ausschließlich für Ermittlungen zu außergewöhnlichen Fällen genutzt, welche die öffentliche Sicherheit gefährden.
Piep

Das ist das Sondereinsatzkommando ...
... namens STUNTS.
Gleichzeitig untersteht es dem Verteidigungsministerium des Landes. Deswegen werden auch extralegale Aktivitäten im Inland geduldet ...
Die persönlichen Hintergründe der Mitarbeitenden spielen für ihre Aufnahme keine Rolle.
Es ist ein besonderer Trupp, der nur aktiviert wird, wenn einer dieser Fälle gelöst werden muss.
STUNTS?
Mithilfe dieser Institution ...
... kann ich den Mann verfolgen!
Drück ギュウッ
Oh!

Miss Evans!
!
Strahl
Da bist du ja.
Tut mir leid, dass ich dich nicht selbst abholen konnte.
Klack
Kein Problem!
Will-kommen bei STUNTS!

Ich will Erfolge sehen.
Natürlich!
Vielen Dank für Ihr Vertrauen, Miss Mathilda!
Schock
Du sagst Miss Mathilda zu ihr?!
Flüster
Was fällt dir ein, sie mit dem Vornamen anzusprechen, als wärt ihr schon ganz dicke miteinander?!
Beb
Flüster
Ähm ... na ja ...
Beb
Teddy!
Ja?

Grins
Es gibt Neues zu dem Fall, an dem du dran bist.
Uns hat gerade die Info erreicht, dass eine neue Leiche entdeckt wurde.
Du sollst dich umgehend zum Fundort begeben.

Jawohl.
Und ...
... in diesem Fall ...
... wirst du zusammen mit dem Neuen ermitteln.
!
Entschuldige ...
... ich ... soll mit ihm daran arbeiten?
Er hat allerdings noch keinen Ausweis, kümmere dich bitte um alles, was anfällt.
Ja.
Miss Evans!
Ich komme!
Ähm ... Hallo!

Ich bin James Martin! Auf eine gute Zusammen-arbeit!
Grins
Teddy Anderson.
Klock
Auf eine möglichst kurze Zu-sammen-arbeit.
HOTEL
Kwieh

Das NYPD! Sie haben den Tatort abgesperrt.
Wie ...
Oh!
ヒョイ
Fwupp
Hey!
Hier ist der Zutritt für Zivilisten verboten! Alles steht unter der Aufsicht des NYPD und ...
Ich bin von STUNTS. Lassen Sie uns durch.
STUNTS?!
Zschaah

Tuschel
Die sind von STUNTS?
Ich dachte, das sei nur eine urbane Legende.
Tuschel
Tuschel
Erscheinen Ermittler von STUNTS, werden alle Befugnisse vor Ort an sie übertragen, das ist die Devise.
An solche Jung-spunde?
407
Bzzz

!
Gnh

Der Tatort darf nicht verschmutzt werden.
Geh raus, wenn du kotzen musst.
!
!
Schpp
Mir geht's gut!
Bzz
Bzz
Anhand dieser Stelle würde ich sagen, der Todeszeitpunkt war vor fünf Tagen ...
Er hat viele Verletzungen abbekommen, die nicht direkt tödlich waren.
Es traf die lebenswichtigen Stellen und er wurde nackt zurückgelassen.

11:40
Sunday, 5/29/
Er ist nicht aufgetaucht, als die Zeit zum Check-out um war ...
... also habe ich seine Tür mit dem Generalschlüssel aufgemacht.
Widerwärtige Art, wen umzubringen.
Please Don't Disturb.
Dann habe ich ihn so vorgefunden.
Das wird unseren Ruf sicher ruinieren!
Mein Beileid.
Waren Sie auch für den Check-in zuständig?
Der Gast checkte mitten in der Nacht mit einer heftigen Fahne ein, sehr unangenehm.
Er buchte einen einwöchigen Aufenthalt nur für sich allein und ich habe ihm seine Zimmerkarte gegeben.
Wo wir gerade dabei sind ...
Zzzt

Genau, wenn gereinigt werden muss, bekommt jeder den Generalschlüssel für die Etage, für die er zuständig ist.
Ja, ich bin für dieses Stockwerk verantwortlich ...
... aber an Zimmer 407 hing die ganze Woche das »Bitte nicht stören«-Schild.
Ich war also kein einziges Mal in dem Zimmer.
Die anderen vier waren, soweit ich weiß, auch nicht drin.
Die anderen vier?
Normalerweise werden immer fünf Reinigungskräfte entsandt.
Die gehören nicht zum Hotel, sondern kommen von extern.
Sind wir mit der uns zugeteilten Etage fertig, helfen wir auf anderen aus.
Ich bin so langsam, daher tummeln sich am Ende immer alle bei mir.

SVILLE
HOTEL
NAME?
Bei der Leiche, die im Brownsville Hotel in Brooklyn gefunden wurde ...
... handelt es sich um einen Mann, den wir nicht identifizieren können.
Wieso das?
Der Ausweis ist gefälscht.
Die Unterschrift beim Check-in natürlich auch.
Zudem haben wir kein Match für seine Fingerabdrücke oder seine DNA, noch konnten wir seine Sozialversicherungsnummer herausfinden.
Ein klassischer John Doe.
NAME?
Die Obduktion hat ergeben, dass der Todeszeitpunkt des Opfers am 23. morgens zwischen vier und sechs Uhr gewesen sein muss.

Also kurz nachdem das Opfer nachts um eins eingecheckt hatte.
Mon 23th
Tue 24th
Wed 25th
Thu 26th
Fri 27th
Sat 28th
Sun 29th
11:00 AM
DEAD!!
1:00 AM
John
4:00 AM
Criminal
6:00 AM
Innerhalb von fünf Stunden muss der Täter den Raum des Opfers betreten ...
... und es ermordet haben.
Please Don't Disturb
Die Tür schließt automatisch, das Fenster hat einen Winkelbegrenzer. Man kann also nicht einfach rein oder raus.
Entweder er benutzte einen Generalschlüssel, um reinzukommen ...
... oder das Opfer selbst hat ihm die Tür geöffnet.
Unsere Verdächtigen sind damit entweder die Leute, die über den Schlüssel verfügen ...
... oder andere Übernachtungsgäste, die zur Tatzeit im Hotel waren.

Die Überwachungskameras haben die ganze Zeit auf den Tresen der Rezeption gezeigt.
05/23/XX 03:57:49
Das Opfer aus der vierten Etage kam zuletzt an.
05/23/XX 01:04:36
Bis zum nächsten Morgen ist niemand rein- oder rausgegangen.
05/23/XX 13:09:11
Angesichts dessen kann ich mir nichts anderes als einen Suizid, einen Unfall oder eine Krankheit als Todesursache vorstellen.
Der Zustand der Leiche beweist eindeutig, dass Fremdeinwirkung im Spiel war.

In diesem Ghost-Fall ...
... ist es der Täter, der nicht existiert.
Aber wie konnte jemand in den verriegelten Raum kommen?
Solang dieser Umstand nicht gesichert ist, können wir es nicht als unnatürlichen Tod verbuchen.
Vor zwei Wochen gab es in einem anderen Hotel einen fast identischen Vorfall.
Kaum hatten die Ermittlungen begonnen, waren wir schon in einer Sackgasse gelandet.
NAME??
Endlich haben wir einen Täter, der seinem Namen alle Ehre macht: ein wahrer Ghost.
Und noch dazu ist er Sadist.

Wie viel weißt du schon über diese Ghost-Fälle?
Cold Cases, in denen die Verdächtigen spurlos verschwunden sind ...
... zum Beispiel der Fall, bei dem vor zwei Jahren mit den Ermittlungen begonnen wurde ...
... die »Bullenschlachtung«.
Bei diesem Fall wurden Polizisten des NYPD bestialisch zugerichtet, während sie noch am Leben waren. Ein Fall, der an Grausamkeit kaum zu überbieten ist.
Und eine den Polizisten nahestehende Person ist spurlos verschwunden.

Er wurde immer noch nicht gefunden.
Und zwar der für die Polizisten zuständige Psychiater.
Kurz nachdem die Mordserie begonnen hatte, war er spurlos verschwunden.
Da nach und nach Leute aus dem Opferumfeld verschwunden waren ...
... bezeichneten die Vermittler sie zusammenfassend als »Ghosts«.
!

Aber ein mysteriöser Serienmord ruft noch nicht STUNTS auf den Plan.
Echt?
Der Knackpunkt sind die Dinge, die gemeinsam mit den Vermissten verschwunden sind.
Die Dinge, die mit ihnen verschwunden sind?
Die Ermittlungsakten, welche die getöteten Polizisten aufbewahrt hatten.
Ein Teil davon ist abhandengekommen.

Das bedeutet doch ...
Exakt. Der Täter, Ghost, der die Fingerabdrücke des leitenden Assistant District Attorney benutzt hat ...
... hat auf die Datenbank im Office zugegriffen und geheime Informationen entwendet.
Du weißt doch auch darüber Bescheid. Das deckt sich mit den anderen Fällen, nicht wahr?
Auch wenn wir das Motiv nicht kennen, müssen wir ihn aufhalten.
Das ist unsere Aufgabe als Ermittler.
Ich habe die Unterlagen zu dem Fall gesehen.
Du hast versucht, Ghost mit einer Waffe zu stoppen, und er ist trotzdem entkommen.

Kein Grund, sich zu schämen!
Bist schließlich ein Anfänger.
Raschel
Es reicht mir, wenn du Däumchen drehst.
Ich erwarte eh nichts von dir.

Batamm
Teddy hat vollkommen recht.
Ich bin meiner Rolle bisher in keiner Weise gerecht geworden.
Grabb
Ich muss etwas tun!
Ich bin doch hergekommen, um mich zu beweisen!
Ach, der wird sich eine Weile nicht blicken lassen.
Ich dachte, er hätte ein ordentliches Leben begonnen, aber er hat also ins Gras gebissen?

Weißt du, in welchen Läden er so Stammkunde ist?
Ich weiß, wo er gerne was trinken geht.
Ein versiegelter Raum, in den niemand reinkommen sollte.
Wie hat er das angestellt?
Tipp Tipp
Tipp
?

Katschack
Das ist es!
Katang
Das bedeutet es ...
... ein Ghost zu sein!

Der Sarg ist leer.
Ander-son ...
Sie müssen sie sehr geliebt haben. Sind Sie bereit, ihrem Willen zu fol-gen und ... und ihrem Land zu dienen?

Dödööt
Vrooom
4. Akt – ... the abyss also gazes into you
Wwwt
Wwwt
6:30
Stop
Wir werden dich um jeden Preis ent-larven.

Ghost!
キイ
Kwieh!
!

Hä?
Hat er den Löffel abgegeben?
Raschel
Raschel
Sag nicht ...
... der ist schon seit gestern hier?
Gwaaah
Schreck
Hands up!
Ugh, ich bin eingepennt?!
Es ist schon nach sieben!
...

!
Mr Teddy! Guten Morgen!
Äh ...
Morgen ...
Raschel
Ähm ...
... ich wollte Ihnen erzählen ...
Raschel
... was ich rausgefunden habe!
Und zwar, wie der Täter bei diesem Ghost-Fall in den ...
... abgeschlossenen Raum gekommen ist!

Verstehe. Eine Art Zaubertrick also.
Wenn das so passiert ist ...
... und er der Ghost ist, der dir gegenüberstand ...
Nein ...
... ich glaube nicht, dass es derselbe ist.
Wieso das?

Wir müssen bedenken, wie der Täter das Opfer in diesem Fall ...
... sadistisch gefoltert hat.
Der andere Mann ...
... würde es niemals riskieren, durch die Tat einen persönlichen Hinweis auf sich zu hinterlassen!
Bitte warte ...
... willst du damit sagen ...
Es gibt mehrere Ghost-Täter! Wir können nicht ausschließen, dass sie als Gruppe organisiert sind!

Aber was um alles in der Welt wol-len sie?
Gngh
Scheiße!
Können wir ihren Plan nicht stoppen und sie fassen, hat das alles doch keinen Zweck!
Wir müssen sie auf frischer Tat ertappen und dürfen nicht zu-lassen, dass sie verschwinden!
Wie sollen wir das machen?
Denk nach!
Denk nach, ver-dammt!
...

Wie lange hast du gebraucht, um zu deiner Beweisführung zu kommen?
Wie hat es ein einfacher Neuling wie du geschafft, diese Schlüsse zu ziehen?
Ich dachte mir, ich hätte Pech, dass ich dich an der Backe habe ...
... aber ...
... du hättest eine strahlende Zukunft und aussichtsreiche Karriere vor dir gehabt.
Wieso lässt du dich von der Sache aufhalten und gibst das alles auf? Das bringt dir doch nichts.

Doch, tut es!
Ich bin hergekommen, um diesen Mann zu fassen.
Mehr ...
... ist da nicht dran.
Für meinen Bruder werde ich tun, was ich kann ...
Verfolg sie.

Was?
Raschel
Raschel
Den Täter.
Die Tatorte.
Die Opfer.
Du hast die nötigen Puzzleteile vor dir, um die Ghosts auszumerzen.
Na ja, wobei wir nicht wissen, ob wir sie vor dem nächsten Zwischenfall zu fassen kriegen.
Kommt ganz drauf an, wie viel Zeit wir dafür brauchen.
Ritsch
Klar, Mr Martin?

Du machst mit den Hotels weiter, in denen die Putzkräfte dieser Firma aktiv sind.
Jawohl!
Und vielleicht bringt das nicht so viel, aber untersuch auch die Läden, in denen Kleidung und Koffer gekauft wurden.
Jawohl!
Ich werde eine Liste mit potenziellen Opfern anlegen.
Eine Liste?
Außer der Tatsache, dass sie keine Sozialversicherungsnummer besitzen, haben Sie doch keine Gemeinsamkeiten ... wie wollen Sie das bewerkstelligen?
Über Informanten.

Gleicht man gesammeltes Wissen ab ...
NAME?
... kann man Übereinstimmungen finden. Das kann vom Namen eines Hundes des Bosses eines Drogenkartells bis zu geheimen Informationen des FBI reichen.
Worüber haben sie geredet? Wurden sie mundtot gemacht?
Wie bist du darauf gekommen?
Ich bin dem zweiten Opfer kurz begegnet.
Ich war in entsprechenden Kreisen unterwegs.
Dank dessen konnte ich entsprechenden Spuren folgen. So habe ich auch den Ort ausfindig machen können, an dem es an dem Tag geschnappt wurde.
Dann habe ich meine Infos mit den Tätermerkmalen verglichen, die du herausgefunden hast.
Wir werden jeden relevanten Laden sorgfältig durchsuchen und den möglichen Kontaktpunkt von Opfer und Täter ermitteln.
Ich dachte, Sie gehören genauso wie Miss Mathilda zum FBI.

Der persönliche Hintergrund spielt bei STUNTS keine Rolle.
Komm erst mal wieder zu Kräften, das ist sicher hart für dich.
Es wird dir niemand übel nehmen, wenn du erst mal die Beine hochlegst.
Zuck
Gluck
Ich danke Ihnen von ganzem Herzen!
Wamm

Ja, den haben wir bei uns gesehen.

Muss so vor ein, zwei Stunden gewesen sein.
Hat da drüben getrunken. Bis er von einem hübschen Mädel verführt wurde und gegangen ist.
Und das war ...
Ja, genau! Es war diese Person.
Woher wusstest du das, Junge?
Trab
Huch, wollt ihr beide gar nix trinken?
Wo ist das nächste Hotel?
Das nächste, das dazu passen würde ... es gibt eins in der Clawson Street!
Wir müssen es rechtzeitig schaffen!

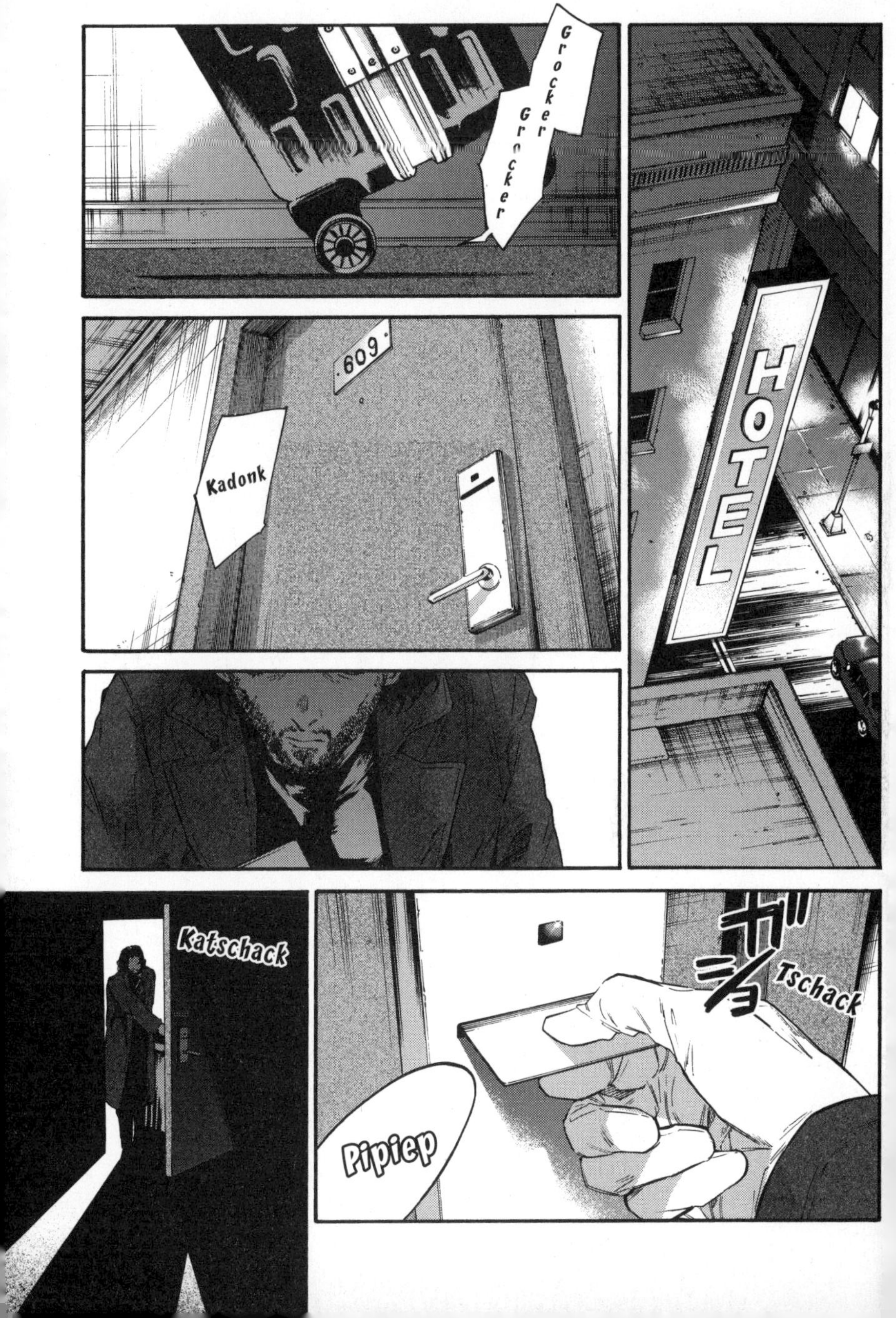
HOTEL
Grocker
Grocker
609
Kadonk
Tschack
Pipiep
Katschack

Haben wir dich, Serien-mörder!

?!
Bwaaah
Keine Bewegung.
Hände hinter den Kopf und ins Zimmer gehen.
Verstanden?
Wa... Was geht hier vor sich? Wer seid ihr?!
Ihr seid doch keine Polizisten!
Was fällt euch ein ...?

Wamm
Hurry up, asshole!
Bei dieser Mordserie in Hotelzimmern, bei der die Taten in verschlossenen Räumen stattfanden …
… schien es unmöglich, dass die Taten überhaupt begangen wurden, denn niemand hatte die Räume betreten oder verlassen.
Außer wir nehmen an …

... der Täter ist ein Ghost.
Ein Ghost?
Haah ...
Komm mir nicht damit! Auf Geister würden doch nur irgendwelche Eso-Spinner setzen!
Tut mir leid, aber ich hab sie sicher nicht getötet, und selbst gestorben bin ich auch nicht!
Hier ist weit und breit kein Ghost!
Absolut. Und genau deshalb ...
... handelt es sich um einen einfachen Mordfall, der sich des Tricks eines verschlossenen Zimmers bediente.

Wie bitte?
Du bist zu der Bar gegangen, die das Opfer oft besuchte ...
... und hast es so eingefädelt, dass es mit dir mitgegangen ist.
Du hast dich entsprechend verkleidet und bist mit dem Opfer gemeinsam ins Hotel.
Weil der Täter mit dem Opfer zusammen ...
... aufs Zimmer gegangen ist, konnte er sich Zugang verschaffen.
Moment mal, da stimmt was nicht!
Beim Check-in war das Opfer doch allein, oder nicht?

Der Täter war auf der Überwachungskamera nicht zu sehen!
Das dürfen wir nicht vergessen!
Doch!
Er war auf der Kamera zu sehen.
Man sah den Täter, der sich als das Opfer ausgab!

Du hattest in der Bar sicherlich was in die Drinks gemischt, sodass das Opfer einschlief und du seine Kleidung stehlen konntest.
Dann hast du die Identität des Opfers angenommen und es in den extra dafür bereitgestellten Koffer gesteckt.
Unsere exzellenten Gerichtsmediziner haben Spuren eines entsprechenden Mittels nachweisen können.
Das Opfer war komplett nackt.
Nachdem du die Kleidung benutzt hattest, wäre es umständlich gewesen, es wieder anzuziehen, oder?
Daher hast du dich selbst als das Opfer verkleidet ...
... und so die bloße Existenz des Täters vom Tatort getilgt.

Du hast das Opfer getötet, als es wieder zu sich gekommen ist.
Es handelte sich nie um einen verschlossenen Raum.
Du bist einfach aus dem Zimmer gegangen.
Es hat sich niemand darüber gewundert ...
... weil du die Kleidung der Putzkräfte getragen hast!
Wie ... Wie kommst du darauf ...?
Na, na.
Wir haben Beweise.
Es hätten nur fünf Putzkräfte sein sollen, aber es wurden sechs gezählt.
Die sechste Person, die auf den Überwachungskameras zu sehen war, gehörte nicht zu den Putzkräften.
Was für ein Unsinn!

Wer würde denn so ein Hirngespinst glauben?!
Ist sie dir gar nicht aufgefallen?
Die Eigenart, die dich verriet.
Eine Eigenart?
Beim Check-in hast du dich meist genauso verhalten wie dein Opfer.
Etwas war beim ersten, beim zweiten ...
... und auch beim dritten Opfer allerdings genau gleich ...

Der Täter tippte nervös mit dem Finger auf den Tresen!
Dadrin ist das nächste, stimmt's?
Das tatsächliche Opfer, das du gerade spielst!

Du hast einen geschlossenen Raum kreiert, indem du dich in das Opfer verwandelt hast.
Toller Schauspieler. Hast du es auf die Goldene Himbeere abgesehen?
Leider ist in jeder deiner Rollen deine Persönlichkeit durchgekommen.
Es war eine große Hilfe ...
... dass du mit deinem Schauspiel jenem Mann nicht das Wasser reichen kannst.

Sollte ich es weiter abstreiten, wird das sicher nur gegen mich verwendet.
Diese Stimme!
Kwieh
Kadonk
!
Keine Sorge. Ich habe kein Interesse daran, Tote zu quälen.
Die Jagdhunde, die überall herumgeschnüffelt haben, wart also ihr ...

Wolltet ihr den Ghost nicht unbedingt mal mit eigenen Augen sehen?
Schön, euch zu treffen, Hündchen.

Grabb
Gwaah
Brtsch
Wamm
Mr Teddy!
Hi hi. Ich liebe Hunde einfach!
Man muss die lieben Haustierchen belohnen ...
Tschrt

Fortsetzung folgt in Band 2!

Sora Daichi

Mit dem Radio als treuem Kollegen schweifen meine Gedanken bis ins ferne New York nach Amerika. Ich hab recherchiert und Informationen gesammelt. All die neuen Eindrücke sind direkt in meine Zeichnungen geflossen. Ich wünsche euch viel Spaß mit dem ersten Band!

STUNTS

SPECIAL TACTICS UNCONVENTIONAL TEAMS

TOKYOPOP GmbH
Hamburg

TOKYOPOP
1. Auflage, 2025
Deutsche Ausgabe/German Edition

Aus dem Japanischen von Doreaux Zwetkow

KODANSHA

Redaktion: Sabine Scholz
Lettering: Vibrant Publishing Studio
Herstellung: Rita Geers
GPSR: produktsicherheit@tokyopop.de
Druck und buchbinderische Verarbeitung:
CPI–Clausen & Bosse GmbH, Leck
Printed in Germany

MIX Papier FSC FSC® C083411
Wir achten auf die Umwelt.
Dieses Produkt besteht aus FSC®-zertifizierten
und anderen kontrollierten Materialien.

ISBN 978-3-7593-0943-3

www.tokyopop.de